이혜순 시집

꽃에 쏘였다

시선 201

꽃에 쏘였다

인쇄 · 2025년 2월 20일 | 발행 · 2025년 2월 28일

지은이 · 이혜순
펴낸이 · 한봉숙
펴낸곳 · 푸른사상사

주간 · 맹문재 | 편집 · 지순이, 김수란, 노현정 | 마케팅 · 한정규
등록 · 1999년 7월 8일 제2-2876호
주소 · 경기도 파주시 회동길 337-16(서패동 470-6) 푸른사상사
대표전화 · 031) 955-9111(2) | 팩시밀리 · 031) 955-9114
이메일 · prun21c@hanmail.net
홈페이지 · http://www.prun21c.com

ISBN 979-11-308-2225-9 03810
값 12,000원

푸른사상 시선
201

꽃에 쏘였다

이혜순 시집

| 시인의 말 |

천성이 바람둥이였는지 모른다
그래서인지 늘 누군가를 찾고 그리워한다

방금 전 구름 위에 얹혀 있던 마음이
어느새 분꽃 위로 내려앉는다

시의 마음을 얻기에는
아직도 아득하다

2024년
이혜순

| 차례 |

| 차례 |

제2부

제3부

제1부

씀바귀꽃

아무도 모르게 피었다가
아무도 모르게 진다

들길에 핀 꽃 한 송이
공수래공수거

당신의 뒷모습을 닮았다

사월

차가운 맨손을 비비면 사월이 구겨지는 소리가 난다
그때 모란이 핀다

구겨진 편지처럼 피어나는 모란, 썼다가 지우고 또 썼다가 지우고 동그랗게 뭉쳐져 바닥으로 던져진 많은 사월이 그 속에 담겨 있다

내일의 날짜들처럼 벌들이 윙윙거리는 사월의 만개, 불을 땐 듯 붉은 꽃송이들, 사월의 아랫목인 양, 냉방에서 쫓겨난 온기인 양 겹겹이 껴입은 고민인 듯 물결인 듯 바람이 미끄럽게 지나간다

맨손을 비빌 때마다 선불리 구겨버린 시간들이
아득한 신기루 하나씩 꽃술로 품고 있다

주변을 맴돌며 속으로 삼켜버린 이름이며 추신 같은 글자들 위로 또 모란이 핀다 깊어진 햇살 쪽으로 귀 기울이는 동안 눈꼬리만 겹겹이 늙었다 모란이 피는 주변을 갖고 있다

면 그건, 내 주위를 서성거렸던 어떤 이름이 있었다는 것

사월이 묵고 또 묵으면 모란대같이 늙어서
한 송이 구겨지는 사월만 애가 탄다

붕어빵 가시

머리가 희끗한 노인이
이제 갓 걸음을 걷는 아이의 입에
붕어빵을 조금씩 떼어 넣어준다

가시를 발라내듯 조심조심 넣어줄 때마다
아이의 입에선 울음의 비늘이 반짝인다

노인의 지극한 손길에도 채워지지 않는 허기가
아이의 얼굴에 가득하다
때로는 외면하고 싶은 사연이
서로를 묶어놓을 때도 있다
붕어빵을 발라내는 노인의 얼굴에
근심이 어른거린다

뼈 없는 울음과 가시 없는 붕어빵이
한입에서 헤엄치듯 뒤섞인다

쉽게 버릴 수도 빼낼 수도 없는,

세상의 모든 가시와 뼈는 붕어빵의 틀 같다
그 정해진 틀 안에서 노릇노릇 구워지리라 믿지만
자칫하면 꿈틀 돌아눕지 못해
새까맣게 타는 일들이 종종 있다

틀을 빠져나온 붕어빵이 식어가듯
어미라는 틀, 저녁처럼 그립다가도 또 차갑다

붕어빵을 떼어 먹여주는 노인의 손과
허기진 아이의 입
메울 수 없는 간격이 멀다

지루한 게임

검은 개와 흰 개를 바라보는
또 다른 개는
자신의 색깔을 모른다

검은 개에게 손을 달라고 하면
흰 손을 내민다

개는 서 있을 때는 네 개의 발이지만
앉아 있을 때는 앞발이 손이 된다
손을 내밀 때 개의 눈빛은
한없이 공손하다
제 손을 잡은 이가 힘이 있는지 없는지
금방 알아본다

검은 개가 자신의 색깔을 향해
컹컹 밤을 짖는다
덩달아 흰 개도 달을 짖는다
날카로운 송곳니에 찢긴 달은 홀쭉해지고

귀가 밝은 허공은
멀리까지 갔다가 돌아온다

검은 개는 오해의 변종이고
흰 개는 눈밭의 놀이다
검은 개 앞에 앉아
죽은 이들의 안부를 묻는다
사람의 손으로
귀신의 손을 잡는다

검은 개와 흰 개의 싸움
엎치락뒤치락 검은색과 흰색을
뺏고 빼앗기는 지루한 게임이
오늘도 이어진다

쓸쓸한 채널

유월, 버려진 TV에서
채널 하나가 개통되었다

잡음처럼 메꽃 줄기와 쑥부쟁이가 뒤엉켜 있지만 애기똥풀꽃 노란 채널이 주파수를 보낸다 모든 전력이 뚝 끊긴 TV는 대신 생생한 현장을 얻었다 줄기의 솜털부터 꽃잎을 흔드는 바람의 결까지 다 담아내는 화면은 세상의 어떤 방송보다 화질이 좋다

아침나절 잠깐 지나간 빗줄기가 남겨놓은 빗방울이 아직도 꽃 채널에 매달려 있다 예전엔 비와 상극이었지만 이제는 그 어떤 악천후도 잠깐의 일기예보 거리도 되지 못한다

스물네 시간 펼쳐지는 화면에도 어쩌다 나비 한 마리 잠시 앉았다 갈 뿐, 오랜 시간 누군가의 위로였을 TV 종일 밭고랑을 더듬다 어스름 저녁 홀로 밥상 앞에 앉은 어느 등 굽은 여인의 모습이 떠오르는 건 화면에 비친 쓸쓸함 때문이다

각종 채널이 햇살을 향해

공중 개국을 서두르는 풀밭

TV는 화면 조정 시간인 듯 조용히 묻혀 있다

속도의 뒷면

봄꽃 향기를 싣고 달리던
자전거 한 대
바닥으로 나뒹군다
요란한 비명과 함께 넘어진 속도
도로 한가운데 배를 드러낸 채 널브러져 있다
행렬을 이루며 달리던 길을 내려놓고
황급히 달려온 사람들
함께라는 말 속엔
질긴 고리가 엮여 있다

두 개의 페달에 감겨 있는 속도
일정하게 놓이는 힘의 크기에 비례한다
막힘없이 술술 풀려나가다가도
엇박자를 내는 순간 요란하게 뒤엉켜버린다
엉킨 것들을 풀기 위해선
깨진 무릎과 튀어나오는
비명을 삼켜야 한다

걸림돌 하나가 무너뜨린 평온
아침부터 균형을 잃은 하루는
종일 중심을 잡지 못하고 기우뚱거린다
수시로 튀어나오는 당신과 나의 불협화음
두 개의 바퀴가 다시 하나의 방향으로 돌기까지
불쑥불쑥 끓어오르는 감정을 억눌러야 한다

한참을 비틀거리던 균형이
천천히 자리를 잡는다
다시 행렬을 이루며
힘차게 바람을 가르는 자전거
한껏 굽은 어깨 위로
오후의 햇살이 와르르 쏟아져 내린다

바람이 세운 집

곶감의 껍질은 바람,

한 겹 한 겹 한겨울 껍질이 생긴다

처마 밑 매달아놓은 곶감에

흰 눈이 내려앉는다

꼭지만 남겨두고 땡감이라는 이름도 버리고 나니 비로소 떫은맛도 빠져 과즙은 마르면서 겨울의 부동액이 된다

곶감의 씨는 한 몇백 년 지난 대들보 같다

끈기로 지켜온 여섯 개의 대들보

바람으로 벽을 세운 집은

한 번도 대가 끊겨본 적 없는 족보를 가지고 있다

극심한 흉년에도 수만 평 그늘을 품어

골고루 나누었다는 걸 보면

태생이 넉넉한 가풍이었음을 알 수 있다

할아버지의 할아버지 때 상주 어느 곳에서 옮겨왔다는 감

나무, 올해도 어김없이 곳곳에 분가를 했다

여섯 개의 방과 여섯 개의 창이 있는
햇살에 잘 마르는 집
종일 볕이 가득한 그 집에는
창문마다 따스한 불빛이 달다

방의 평수가 줄어들수록
곶감의 벽은 더 단단해진다

지붕을 받치고 있던 씨가 허물어지면
아쉬움 가득한 꼭지만 남는다

숨 참기 놀이

누군가의 부음을 들을 때면
어린 시절 친구들과 했던 놀이가 생각난다
세숫대야 가득 물을 받아놓고
누가 오래 숨을 참나 시합을 하던
그 막막한 호흡이 떠오르며
숨 참기 내기에서
진 것이라는 생각이 든다

어떻게든 이겨보겠다고 한참을 참다 보면
숨은 콧속에서 뽀글거리며 도망친다
이번 생도 틀렸어, 라는
자조를 실천하려는 공기 방울들
그때 물 밖으로 얼굴을 내밀면
언제 그랬냐는 듯 공기는 다시
몸속으로 되돌아간다

숨에서 지고 이기는 일도
잠깐의 경계에서 이루어진다

위급한 순간을 숨은 항상 먼저 알아챈다
누가 가르쳐준 것도 아닌데
저도 모르게 숨을 죽인다
완벽한 적요를 유지하다
안전하다고 생각되는 순간 터져 나오는 숨

아직 멀었다고 해낼 수 있다고
겁 없이 이길 걸 장담하던 때도 있었지만
결국 누구에게나 숨 참기 내기는
이길 수 없는 게임이다

줄장미 담장

담장 가득 장미가 피었다

붉은 꽃송이들을 따라가면
꽃잎을 따라 여름을 피우던 도안
가끔씩 손끝을 찌르던 바늘의 기억이
푸른 가시로 또렷하다

담장 위로 한 땀 한 땀 피어난 꽃잎들은 두근두근 설레던 외출의 기억을 덮고 있다 벽을 가린 담장을 걷으면 한 벌의 붉은 원피스, 조심조심 마음을 골라 딛던 흰 발목이 보인다 따스했던 오후의 햇살과 치맛자락을 흔들고 지나가던 바람

담장을 시침질하고 줄장미 여름을 수놓으며 나는
담장의 안과 밖을 나누려 했다
누구에게도 보여주고 싶지 않은 기억
줄줄이 벽 위에 걸려 있는 이름들을 덮으려 했다

담장의 높이란 칠 할의 궁금증과

삼 할의 발소리
가끔은 참지 못한 호기심이
뒤꿈치를 들 때도 있다

줄장미 담장도 여름이 지나고 겨울이 오면
누렇게 빛이 바래고 낡아가겠지만
원피스의 계절은 유행이 없어
두근거리는 단추들을 달고 있다

휘파람새

당신이 노래를 부르기 전까지 나는 당신의 존재를 알지 못했다 오후의 꽃구름 속을 지나가는 발길이거나 그저 스쳐가는 바람이라고 여겼을 것이다

산 아래에서 들려오는 성당의 종소리처럼 맑고 청아한 목소리가 고요를 흔들었을 때 이 시린 시간 속에 서 있는 것이 나 혼자만은 아니라는 것을 알았다

당신은 이미 높은 곳에 있고
빛을 품고 있었지만
외면할 수 없는 세상의 한 지점에서 우리는 만나고 있다

당신의 노래가 춥고 아픈 이들의 위로가 되어 날개를 파닥일 때 무심했던 눈빛들이 슬금슬금 다가오는 것을 보았다

서로 아무 상관없을 것 같은 존재들도 사실은 하나의 끈으로 연결되어 있다는 것을, 그래서 아프다는 걸 당신의 노래 속에서 듣는다

아름다워서 슬픈 봄날*의
긴 울림이 오래도록 마음을 적신다

* 자우림의 노랫말 중에서

김옥주 기타 교실

내 손에서 손가락을 다시 배운다. 힘겹게 누른 기타 줄만이 소리가 된다 김옥주 기타 교실 작은 강의실로 우리는 유행가처럼 모여들었다 늘 성경을 끼고 다니던 김수미 집사도 운전면허 필기시험 문제집을 들고 다니던 이혜경 씨도 모두 유행 지난 최신 가요집을 가지고 다닌다

누구나 불행은 편파적이라고 여기지만 행복 또한 지극한 편파다 그때 가장 쉽고 알맞게 떠오르는 말은 다 유행가 가사들이다 어설픈 손가락 끝에서 튀어나오는 음표들, 천방지축 교실 안을 떠돌다 창밖으로 튕겨나간다 되풀이되는 연습에 교실 벽을 타고 줄 콩 이파리들도 엇박자로 오른다

조금씩 단단해지는 굳은살에서 맑은 음이 나온다 그러나 우리들의 합주는 요원하였다 자주 이런저런 핑계들이 빈자리를 채웠다 여고 동창 모임이다 학부모 간담회다 구멍 난 빈자리들은 잘못 잡은 코드처럼 분분했다

무더운 연습, 에어컨의 냉기도 달아오른 열기를 식히지

못했다 이 정도 연습이면 세상일 다 못 해낼 것이 없어 보였다 그래도 완성되지 못하는 노래, 어쩌다 모두 자리가 채워진 날이면 한 박자 빠르거나 느린 음표들이 회오리를 일으켰다

빛이 없는 어둠 속에서도 우리는, 아주 작은 몸짓 하나라도 느낄 수 있는 우리는,

여태껏 제대로 무언가를 연주해본 적 없는 시간을 연주하느라 오늘도 손가락마다 굳은살이 박이는 김옥주 기타 교실. 뜨거운 열기 속으로 서서히 또 한 계절이 저물어간다 바람이 드르릉 기타 줄을 쓸어내리듯 지나간다

두꺼비

소낙비 끝
두꺼비 한 마리
느릿느릿 마당으로 기어든다

집 있는 자식이 있고
집 없는 자식이 있다

두껍아 두껍아 이 낮은 처마의 헌 집 갖고 새집 다오

노부부의 손목 끝에 우두커니 깍지 끼고 앉아 있는 두꺼비들, 그 느릿한 두꺼비들이 집을 내어주고 그러고도 남은 무주택 자식 하나 고민하는 두꺼비 등짝

한껏 굽은 어깨에서 한동안 잠잠하던 매미 소리가 욱신거린다

마당을 어슬렁거리는 두꺼비 슬금슬금 장독대 뒤로 몸을 숨긴다 어둑한 구석, 무슨 걱정이기에 저리 우둘투둘한지

근심을 한 몸에 지고 앉은 곳, 몇 장의 풀잎과 서늘한 그늘이면 족하다

이 집 벽과 마루 밑 구석구석을 살펴보면
등짝에 기와를 얹은 집 몇 채 있다
그중 어떤 집에는 뜨거운 전류가 흐르기도 한다

두껍아 두껍아 헌 집 줄게 새집 다오

아직도 귀에 쟁쟁한 먼 기억의 노랫소리를 따라
느릿느릿 비 개인 텃밭으로 몸을 옮기는 부부
봉숭아꽃 만발한 마당 끝으로
꽃그늘이 붉게 떨어져 있다

계단

피아노 건반을 두드리는
윗집 아이의 어설픈 손놀림
휴일이 망가진다

계단과 계단이 연결된 동네에선
자주 있는 일이다
느닷없이 터져 나오는 고함이나
늦은 밤의 한껏 휘어진 술주정
거슬리는 소리도 자주 듣다 보면
일종의 안부가 된다

고장 난 건반처럼
며칠째 소리가 나지 않던 계단
입에서 입으로 전달된 부고는
조용하던 동네를 술렁이게 한다
지팡이만 남았다고 한다
평온한 듯 보여도 모든 계단은
날카로운 벼랑을 숨기고 있다

꼭대기에 있을 때일수록
순간을 조심해야 한다
바닥은 생각보다 더
가까이에 있다

장마

아버지의 영농일지를 적시며 비가 내렸다. 크고 요란한 빗줄기는 어둑해진 집 안까지 흉건한 발자국을 찍었다. 투박한 발길들은 지나는 곳마다 깊은 흔적을 남겼다. 폭탄이 터진 것처럼 굳건히 버티던 아버지의 마지막 방어선마저 무너뜨렸다.

어디가 길이고 논인지 경계를 잃어버린 동네는 커다란 호수 같았다. 뿌리 뽑힌 내일이 곳곳에서 떠다녔다. 아버지의 반대에도 밭 한쪽에 꿈을 키우던 동생은 순식간에 모든 것을 잃었다 그리고 아무도 모르게 습지를 서성이는 시간에 들었다. 집안의 불빛이 모두 잠든 시간이면 조용히 밖으로 나가 수상쩍은 바람을 안고 돌아왔다.

주저앉거나 고개 숙이는 것들의 주변으로 뿌리를 넓혀가는 여름. 상처를 디딘 자리마다 푸르름이 자라고 있었다.

우리 집안은 대대로 홀수의 이름들이 있었다. 그래서 나는 어떤 상황에서도 흔들리지 않았다 여름 내내 크고 작은 먹구름은 수시로 낡은 기와지붕 위에 비를 뿌리고 지나갔다. 그 때문인지 어느 순간 내게도 불굴의 씨앗 하나가 뿌리를 내렸다.

먼 길

아직 사과가 익기엔
먼 계절이었다

집 앞 과수원 뒤편 아까시나무 울타리 아래엔 뾰족한 가시를 세운 그늘이 무성했다 한낮에도 서늘한 기운이 감도는 그곳엔 오래전 동네 처녀를 삼켰다는 연못이 커다랗게 입을 벌리고 있었다

학교 끝나고 돌아온 집엔 고요만 가득했다 고픈 배를 안고 혹시나 밤새 다녀간 비바람이 던져놓았을 풋사과 한 개를 찾아 돌아간 과수원 모퉁이 일제히 7천 럭스의 불을 밝힌 산딸기들 달콤한 유혹에 한눈파는 사이 나도 모르게 깊숙이 들어선 그늘에 발이 묶였다

유난히 붉은 한 무더기 빛을 향해
무심코 손을 뻗다 마주친 커다란 뱀 한 마리
소스라친 비명이 허겁지겁 돌아 나오는
길옆 연못 위로

죽은 처녀의 옷자락같이 둥둥 떠 있던 흰 구름

달려도 달려도 끝이 없던
내 생애 가장 먼 길이었다

우편 행낭

무위를 뒤지다 발견한 우편 행낭에서
봉함의 여름이 나왔다

높고 먼 구름에 비추자
눈가에 찡그린 필체들이 비쳤다

입구를 열자 아까시나무 꽃비 날리던 어느 오후의 햇살이 쏟아져 나온다 인적이 드문 동네와 동네를 돌며 주름 깊은 얼굴들의 안부이기도 했고 대독이기도 했던 한 사람의 일생이 마른 꽃잎처럼 만져진다

그 많던 주소를 이렇게 한 행낭에 담을 수도 있었다는 사실, 사람이 직업을 떠나고 행낭은 그 사람을 떠나면서 손때 묻고 온기 흐르던 기억들도 어둑한 시간 속으로 묻혀졌다

봉투 위에 적힌 주소들을 따라 굽이굽이 이어진 길을 열면 낡은 오토바이 소리와 뿌연 먼지들이 흘러나오고 얼굴을 스치는 맑은 바람의 냄새 휘어진 냇물도 오이덤불도 한때는

한 장의 우표 같았겠지

사람도 행낭도 주소로 닳은 지금
여름은 몰래 열어본 봉투같이 두근두근거리며 덥다

울음의 언어

자다 깬 아이가 운다
두리번거리며 울음을 높인다
익숙한 목소리가 다가올 때까지
아이의 울음은 끈질기고 날카롭다
내가 여기 있다고 빨리 와달라고 보채는
울음은 구호성 언어다
아무리 급한 일도 얼른 내려놓고
달려가게 만드는 힘

잠 속을 파고든 흐느낌이
아이를 깨울 때가 있다
그 흐느낌으로 꿈속을 돌며 논다
태어나면서 맞은 엉덩이의 기억을 떠올리면
모든 첫울음은 엉덩이에
손바닥 자국으로 각인되어 있다는 것을 알게 된다

토닥토닥 몇 번의 손길로 다시 잠드는 아이
아직도 토해내지 못한 울음이 남았을까

잠시 얼굴을 찡그리는 걸로 보아
전생에 두고 온 슬픔이라도
꿈속에서 만나는 중인가 보다

울음이 줄어들기 전 아이는 말을 배우지 못한다
절실함과 유용함의 차이란
흐느낌의 리듬에 붙어 있다
절실의 말이란 얼마나 어린 말인가
갓 깨어난 울음을 안아주는
불안한 잠의 대답
편안한 꿈길이 다시 열리는지
새근거리는 얼굴에 빙그레 웃음이 돈다

나사못 알약

방문을 여닫을 때마다
집이 기울어진 소리로 끽끽 울린다
얼핏 들으면 짐승의 울음소리 같지만
그것은 집의 흉부가 결리는 일이다

한 며칠 기침을 하다 보면 갈비뼈가 결린다
큰 숨 함부로 내놓지 말라는 뜻 같기도 하고
나태해진 숨 갈아엎는 중인 것 같기도 한

무엇이든 오래 울리다 보면
금이 가고 쓰러진다
마당가 모과나무는 늦가을부터 지금까지
계속되는 울림으로 흔들리다 못해 앙상하다
그래도 쓰러지지 않는 이유는
땅속에 흉부를 두고 있기 때문일 것이다
그곳에 무수한 갈비뼈들이 있어
웬만한 울림쯤은
꿋꿋이 이겨내는 중일 것이다

겨울 내내 앓고 난 모과나무에
꽃들이 핀다
꽃이 핀다는 건
긴 울음의 문턱을 넘어왔다는 것
쿡쿡 쑤시던 시간을 다 지나왔다는 것이다

내 갈비뼈가 아픈 뒤끝,
걱정 없이 꽃이 핀다
힘주어 웃는 웃음 파랗게 부푸는 청진기 끝에
헛기침을 묻혀두고 약 처방을 받는다
움찔거리는 내 갈비뼈를
약들이 나사못처럼 조여줄 것이다

제2부

너무 큰 행운

가뭄에 말라가는 저수지 백로 한 마리가 커다란 물고기를 입에 물고 쩔쩔맨다 뜻밖의 횡재를 한 백로, 너무 큰 행운은 삼키기가 어렵다

물고기의 저항은 거세기만 하다 잡았다 싶으면 놓치고 또 잡았다 싶으면 놓치고, 지루한 게임은 끝날 줄을 모른다

호시탐탐 노리는 눈길들 틈에서, 살아남기 위해 헤매고 다녔을 물고기의 시간이 백로의 날갯짓보다 많아서일까 결국 꼬리의 힘을 이기지 못하고 놓쳐버린 백로

감당할 수 없는 행운은 이미 행운이 아니다

당신이라는 세상이 너무 깊고 넓어서 나는 아직도 그 미로 속을 헤매고 있다

젖는다는 것

빗소리에 귀가 젖는다
그 귀를 타고 온몸이 젖는다
젖은 손, 젖은 얼굴, 젖은 눈,
젖는다는 건 무언가에 흠뻑 빠진다는 것이다
한 시절을 매달려 본 적이 있다는 뜻이다

그때 그것들은 너무 밝고 아름다워 눈을 뗄 수 없었다 삶의 전부이기도 하고, 희망이기도 하고, 막연한 미래이기도 했던 것들, 너무 멀어서 보이지는 않아도 한 걸음씩 가다보면, 언젠가 그 빛에 닿을 거라고 지칠 때마다 스스로를 다독였다 그러나 지금도 길은 여전히 멀고 앞은 보이지 않는다 한때는 도착했다고 믿었던 순간들이 있었지만 그것은 착각일 뿐이었다

빗소리는 끈질기게 온밤을 적신다
젖어 있는 시간 속을 오래 걷다 보니 알겠다
그렇게 흠뻑 젖어 있던 날들이 있어
지금 여기까지 걸어올 수 있었다는 걸

막막했던 삶의 무게들이

그래서 조금은 가벼울 수 있었다는 걸

쉬는 날

끝까지 밀린 것들은 다
쉬는 날에 몰려 있다

서로 먼 귀를 갖고 있어 잘 알아듣지 못하는 간극도
유채꽃 무더기같이 다글다글 앓는 소리도
이날 저 날을 기웃거리고 미루어둔 일들도
모두 쉬는 날들에 모여 있다

흐르는 물살을 건너가는
징검돌의 사이 같은
유실수들의 해거리 같은 그 중간의 쉬는 날
욱신거리는 지병도 묵은 때 낀 구석도
다 풀린 파마 머리도
더 이상 물러설 수 없는 자리까지 와 있다

한때는 중심이었던 일들
그 중심에서 밀려나면 모두
쉬는 날로 몰려간다

줄줄이 묶여 있는 혈연도 쉬는 날이 있어
모른 척, 눈 감을 수 있는 사이가 되었으면 하는
헛된 바람이 고개를 내밀기도 한다

갓 겨울을 견딘 것들이
쉬는 날을 기다린다고
날들과 날들의 그 먼 간극 사이에서
발을 구르고 있다고
어눌한 발음들이
수화기 너머 끊어졌다 이어진다

진화하는 밤

인류의 진화에는
켜고 끌 수 있는 스위치가 있었다
얼굴을 끄고, 말을 켜고
색깔을 달리하는 불빛을 만들고
서서히 어둠을 꺼버렸다
한껏 촉수를 올린 듯 너무 밝은 사람들
빛들은 속도를 높이고
쏜살같은 관계들 속을 날아간다
누구든 언제나 마음대로
스스로를 켜고 끌 수 있다
어디서건 스위치가 있고
순간으로 이동하는 빛과 어둠이 있다

한밤 창밖의 불빛이 반짝인다
건너편 건물 꼭대기 뾰족 지붕 위에서
십자가 하나가 도시를 내려다본다
신도 이 늦은 밤에는
색색의 빛 속으로 길을 잃었는지

대신 조명등이 깜빡거리며 켜져 있다

거리 곳곳에 밤의 직업들이 생겨났고
어둠의 명함을 지참한 사람들이 늘어났다
잠들지 못하는 거리에는
크고 작은 충돌들로 소란스럽다

밤을 잊은 병원마다
불 꺼진 사람들이 가득하다

잡초가 자라는 이유

뒤엉킨 잡초들을 들추고
숨겨진 비밀을 끄집어낸 건
이쯤과 저쯤을 가늠하는 계절이었다
찬바람이 몰고 온 눈보라가
쓰러져 누운 잡초들 사이에서
오래된 기억들을 하나씩 들춰냈다
맨 먼저 우물터가 나오고
조그만 경사로가 나오고
곧이어 암자의 주춧돌이 모습을 드러냈다
흔들리는 댓잎 소리 요란한
저기 어디쯤 부처의 자리도 있었을까
한때 여승의 수행처였다는 곳
손때 묻은 경전을 던져버리고
어느 달빛 고요한 밤 총총히 사라져버린 이유를
감쪽같이 덮어버린 잡초는
세상 가장 은밀한 은닉처였다

바람에 쉽게 넘어지고

휘어지는 잡초가
저렇게 큰 힘을 가지고 있다는 걸
알고 있는 이들은 많지 않다
그러고 보면 동네 공터에 잡초가 무성한 이유도
누군가 버린 비밀을 먹고
무성하게 자라기 때문일 것이다

따끔한 꽃

꽃에 쏘였다, 아니
꽃술에 쏘였다
꽃들이 부푸는 방식이란 이런 것이구나
빨갛게 부푸는 이마
얼떨결에 당한 꽃의 무차별 공격,
앙심인지 보복인지 매섭기만 하다
무심히 걷던 오솔길
손으로 툭 건드린 나뭇가지가
붕붕 날아올랐다

벌들은 꽃에서 쫓겨난 꽃술들일까
집을 지을 때 꽃송이 모양으로 짓고 있다
꽃의 씨앗들도 마지막에 가서는
날개가 생기거나 또르르 굴러가는
바람을 얻게 될 것이지만
무심코 건드린 꽃들은 끝까지 따라온다는 속설
결코 빈말이 아니라는 듯
숨이 턱밑에 닿도록

도망을 쳐도 포기할 줄 모른다

꽃이 숨겨놓은 가시처럼
벌들의 침 끝엔 불이 들어 있다
세상에서 가장 따끔한 꽃
숨겨놓은 가시에 찔리지 않으려면
늘 손끝을 조심해야 한다

단순한 화법

개심사 청벚나무는
올해도 먼 길 찾아오는 이들에게
귀한 말씀 하나씩 내준다
수백 년 갈고 닦아온 법력
어느 이름난 고승 못지않다

화려하진 않아도 음미할수록 심오한 말씀
가만히 들여다보고 있으면
아직 쌀쌀한 경사도를 가진
몇 마디 고요가 파르르 떤다

누구는 색이 없다 하고
누구는 멋이 없다 하기도 하지만
모름지기 법문이란 읽고 또 읽어도
냉큼 그 뜻을 헤아리기 어려운 법
몇 겹의 의미가 겹겹이 숨어 있기 때문이다

산은 산이요 물은 물이라던

어느 큰스님의 화두도
여태 그 뜻을 다 헤아렸다는 이를 보지 못했다

단순한 듯 보이는 화법이
사실은 가장 어렵고 복잡한 말이라는 걸
청벚나무 설법 아래서
다시 화르르 깨닫는다

구름의 지층

폐를 들락거리던 한때의 구름,
빼끔거리던 입술의 시간을 지나 폐 근처까지
깊숙이 들이마셨던 것들은
쉽게 끊어지지 않는다
아프리카 폐어처럼 우기를 기다리거나
물 밖으로 나온 물고기처럼
눅진한 날들을 파닥거려야 한다
어쩌다 문 호기심이 사실은
아주 지독한 미끼였다는 걸 알게 될 때쯤
몸은 이미 연기의 지층이 된 후라는 것
습관의 힘은 집요하다

누군가 길옆 화단에 버리고 간
담뱃갑과 일회용 라이터
붙이고 비벼 끈 그 오랜 중독을
단숨에 끊은 각오는 무엇일까
끊는다는 것은
한쪽만 버리는 것이 아니라

저처럼 두 가지,
양쪽을 다 버리는 것이다

날마다 깊숙이 빨아들이던 구름을 버리고
그는 한동안 지독한 미망 속을 헤맬 것이지만
아무리 맑은 호흡을 해댄다고 해도
몸속을 지나간 구름의 흔적은
한순간 사라지지 않을 것이다
폐 근처를 들락거렸던 구름의 양
그 흩어짐의 시간을 기다려야 한다

봄이 활짝 가지를 펴고 있는 아침
꽃들의 호흡이 투명하다

속눈썹 겹꽃

가녀린 어깨를 흔들고 지나가는 슬픔은 뿌리가 깊다. 시간이 흘러도 쉽게 뽑히지 않는다. 한바탕 울음을 쏟아내고 난 뒤에도 여전히 그렁그렁한 눈물 끝에 가까운 정원이 있다

촉촉이 젖은 속눈썹이 꽃처럼 피었다.

울어서 꽃 피우는 일이라면 기꺼이 봄이 되겠다. 눈앞의 슬픔은 서둘러 손등으로 마무리되곤 하지만 속눈썹은 겹꽃의 꽃말로 흐느낀다.

꽃은 스스로 넘치고 스스로 눈썹을 떨구는 식물, 마음이 데면데면할 때면 꽃 없는 계절을 지나야 한다. 눈물의 꽃말은 상황에 따라 바뀌지만 아무리 사소한 꽃도 반드시 이유를 갖고 핀다.

일년에 한 번 짧게 울고 그치는 꽃들,

그칠 것 같지 않던 흐느낌도 서서히 잦아든다. 곧 속눈썹에 맺혔던 꽃들도 생기를 잃고 사라질 것이다.

눈물은 꽃보다 더 짧은 휘발성이다.

폐사지

어느 구름에서도 비는 오지 않았다

오랜 가뭄으로 내 마음에는
어느새 커다란 사막이 생겼다
마른 먼지만 날리는 폐사지
나만의 언어들을 깎고 다듬어 지었던
절 한 채
한순간 무너지고
풍경소리같이 눈부셨던 문장들은
다 시들어버렸다

보이는 것과 보이지 않는 것이 다르지 않다던
경전의 구절은 너무 멀리 있어 위로가 되지 못했다

조각만 남은 잔해들을 뒤적이며
내일을 기약하는 일기예보들이
가끔은 폐사지 위에 먹구름을 데려오기도 했지만
비를 가져다주지는 못했다

잡히지 않는 구름을 좇아
또 몇 개의 계절을 건너고
가파른 언덕을 넘는다

여기 어디쯤
뭉게구름 하나 피었으면 좋겠다
반짝이진 않아도
눈부신 언어의 절 한 채 지을 수 있다면
한 천년쯤 더
폐사지로 견딜 수 있다

목격자

강과 마을 사이
장식처럼 서 있는 풍치목은
동네에서 가장 높은 키였다
솨솨, 바쁘게 돌아가는 바람 공장이었다
너무 높기만 해서
구름의 계열이라고 믿었던 미루나무는
동네 곳곳을 속속들이 들여다보는
묵묵한 목격자였다
빚에 쫓기는 야반도주를 목격한 것도
그 긴 그림자를 배웅한 것도
다리 옆 방죽으로 뛰어든
소경 집 외동딸의 마지막을
지켜본 것도 미루나무였다
무병 든 처녀의 몸처럼 흔들리며
흐린 날을 쓸던 연초록 이파리들이
은어 떼처럼 출렁거리는
우리 마을에서 가장
요란한 나무였다

아무도 손닿을 수 없는
매미들의 안전한 여름이었을 것이지만
새 한 마리 변변히 앉을 곳 없던
쭉쭉 뻗기만 했던 가지들은
타오르는 불길의 일종이라고 믿었을 것이다

키가 커서 싱거웠던 나무
하릴없이 하늘만 쓸어대는 우직한 나무
한 번도 올라가본 적 없는 꼭대기를
아이들은 흥겨운 노래로 부르던 나무

꼬막

신행(新行) 온 당고모 부부를 할머니가 집으로 초대했다 새신랑을 보겠다고 근처의 일가친척들이 다 모였다 우리 집에서 버스를 타고 한참 더 가야 한다는 어느 산골의 중학교 선생님이라는 신랑은 키가 크고 얼굴이 고왔다 한바탕 시끌벅적 반가운 인사가 지나가고 새색시가 음식 준비에 바쁜 부엌으로 나갔다 낯선 친척들 사이에 낀 신랑은 얼굴이 벌겋게 달아오른 채 말없이 앉아 있었다 이것저것 음식 참견을 하러 나갔던 할머니가 막 삶은 꼬막 한 사발을 들고 와 신랑 앞에 내밀었다

"시장할 텐디 이거라도 먹어봐."

할 일이 생긴 것이 반가운 듯 사발을 받아든 신랑은 서둘러 큼지막한 꼬막을 깠다 그러고는 내 앞으로 내밀었다 여덟 살짜리 어린 내가 그나마 제일 편한 모양이었다 희고 매끈한 새신랑의 손이 짭조름하게 간이 배고 수북하던 꼬막 사발이 바닥을 드러내고 있었지만 밥상은 영 들어올 기미를 보이지 않았다

그때 처음,

누구나 묵묵히 견뎌야 할

시간이 있다는 것을 알았다

지도

불시에 사라진 지도 한 장
먼저 앞서간 흔적은 있는데 사라진 곳을 모르겠다
시간은 그새 두 배로 넓어지고
함께 걷던 한쪽도 없다
이렇게 적막한 오지가 또 있을까
혼자 더듬는 이 초행길은
등고선이 멀기만 하다

찾아오던 지도가 사라지고 나니
기다리던 지명도 사라졌다
알고 보면 어떤 갑작스러운 출발도
모두 지도를 가지고 있다는데
일방통행인 이 지도는 어디서 얻은 것일까

혼자서 길을 더듬어 가다 보면
감각은 가물가물 더 깊숙한 곳으로 숨는다
말하지 않은 말을 알아주는 마음은 없다
숨은 속내와 표정을 잘도 찾아오던

여지없는 길들은 천천히 흔적을 지우고 있다

접혔다 펴지면서 낡아가는 지도
오랫동안 접어놓았던 자리를 편다
접혀 있던 부분을 따라 그려진 점선 위를
가만히 손가락 끝으로 따라 가본다
곳곳에 그리운 얼굴이 있다

밤을 수배하다

이른 새벽, 다급하게 울린 전화가
애타게 누군가를 찾고 있다
늦은 밤의 모퉁이 속으로 황급히 숨어버린 얼굴
까맣게 윤곽을 지운 그림자를 찾고 있다

혹시 어젯밤에 무슨 소리 못 들었어?

초저녁잠이 많아 일찍 소등된 저녁은
아무런 기억이 없다
거액의 포상금으로도 쉽게 찾을 수 없는 순간들은
곧잘 깊은 어둠 속으로 가라앉는다

인적 드문 시골길
다급하게 밟은 브레이크로도 멈추지 못한
긴박한 순간이 바닥에 선명하게 기록되어 있다
CCTV도 없는, 바람만 간간이 지나다녔을 그 밤
비명을 삼켜버린 허공은 말이 없고
유일한 목격자인 느티나무는

미심쩍은 듯 바라보는 사람들의 시선이 불편한지
연신 가지를 흔든다

지난밤의 흔적들을 모두 지우고
꼬리를 감춘 그림자는
지금 어느 하늘 밑을 걷고 있을까
오래전 아버지의 늦은 저녁을 덮치고 간 어둠은
지금도 온 집안을 절뚝이게 한다

지워진 밤을 수배하던 간절한 목소리가
오래 발목을 붙잡는다
무심히 걸어가는 당신의 밤이 위험하다

유령

문득 돌아본 거기 파란 모자가 떠 있다

아무것도 없는 허공에 둥둥 떠 있는 모자
노란 동그라미 안에 그려진 새싹 문양이 선명하다
쓰고 있는 사람의 얼굴도 형체도 보이지 않는데
난데없이 나타나 하루의 끝을 벼랑으로 몰아넣는다

이만큼 멀리 왔으니 이제는 더 이상 나타나지 않을 거라고, 지쳐 사라졌을 거라고, 애써 위로해보지만 뒤돌아보면 언제나 거기 그 자리에 비웃듯 나타나는 파란 모자

숨이 턱에 닿도록 도망을 쳐봐도
돌팔매질을 해봐도 소용이 없다
늘 그만큼의 거리에서 끈질기게 따라온다

꽃향기 눈부시던 열여덟 봄날의 공포가
다시 눈앞으로 다가온다
막 피어난 꽃잎들이 억센 손아귀에 속절없이 부서지고

잡힌 몸을 빼내려고 버둥거리던
절망의 시간들이 되살아난다

으슥한 저녁이나 한적한 공원에선
늘 유령을 조심해야 한다
어디선가 수상한 눈빛이 당신을 지켜보고 있다

건조주의보

불씨는 어느 곳에나 숨어 있다
발화의 때가 오면 순식간에 타오른다
응축된 힘이 클수록 불꽃은 뜨겁고 맹렬하다
걷잡을 수 없이 번져나가
교묘히 묻혀 있던 것들을 태운다

억눌려 있던 불씨들이 불꽃을 내뿜는다 건조해진 대기만큼 활활 타오른다 참고 참았던 분노들이 불쏘시개가 되어 울울창창 거목들을 태운다 높게 뻗어 나간 가지들을 태우고 견고했던 그림자를 태운다

이곳저곳 피어오르는 불길이 내뿜는 연기
사람들 속으로 파고들어 재채기를 일으킨다
나도 모르게 쏟아지는 눈물 콧물에
화창했던 하루가 얼룩진다

이제껏 고고한 척 자태를 뽐내던 거목들
아랫도리에 달라붙는 불길에 놀라

황급히 진화에 나서보지만
좀처럼 꺼질 줄 모른다
활활 뿌리까지 다 타고 나면
가려져 있던 햇살이 바닥에도 골고루 비춰질까

세상 곳곳 너도 나도 타오를 기회를 엿보며
웅크리고 있는 불씨들

싱싱한 죽음

죽음은 싱싱할수록 좋다고
숨결까지 살아 있는 생물을 맛보기 위해
모여든 발길들로 하루가 뜨겁다
끓고 있는 냄비 속에서
문어 한 마리가 몸부림을 친다
어떻게든 빠져나오려고 버둥거릴 때마다
더 깊은 열기 속으로 빨려 들어간다
온몸으로 내지르는 소리 없는 비명을
모두 무심한 눈으로 지켜보기만 할 뿐
아무도 관심 두지 않는다

싱싱하게 죽기 위하여
넘어온 수많은 파도와 풍랑은
지난했던 삶을 비춰주는
하나의 배경이었을 뿐이다
넘보지 말아야 할 빛을 쫓은 죄로
치르는 대가는 무겁고 가혹하다

잘 익은 죽음을 지켜보면서
누구도 슬픔을 이야기하지 않는다
그저 싱싱하게 채워질 허기를
달래고 있을 뿐이다
푸짐한 한 끼의 저녁을 위하여
오늘도 바다는 뜨겁게 죽는다

다랑어

죽음을 수습하는 방식은 다양하다 주변의 환경과 관습에 따라 달라진다 땅에 묻거나 불을 이용하거나 물결에 실어 보내기도 한다 하늘과 가까운 어떤 곳에서는 지금도 새를 불러오기도 한다

낯선 죽음 앞에 사람들이 모여 있다 처음 보는 크기와 모양에 호기심이 반짝인다 먼 바다를 건너왔다는 것을 증명하듯 등허리에는 푸른 물결이 새겨져 있다

장의사처럼 경건하게 차려입은 사내가 다가와 죽음 앞에 선다 염을 하듯 몸놀림이 사뭇 진지하다 흰 수건을 접어 죽음의 구석구석을 꼼꼼히 닦아낸다 어디선가 레퀴엠이라도 들려올 듯하다

비록 이름 한 줄 기록되지 못하는 삶일지라도 모든 죽음은 거룩하다 멀고 험한 길을 걸어왔으므로, 어디서 어떻게 살았는지 행적을 따지는 건 무의미하다 조금 늦거나 빠를 뿐, 누구나 결국 도달하는 곳은 똑같다

세심하게 계산된 칼끝이 지나가고 삶을 지탱했던 붉은 속살이 드러난다 그 누구보다 치열하고 맹렬하게 채워왔을 속살은 싱싱한 향기를 내뿜는다 지켜보는 사람들의 눈빛이 반짝인다 죽음에 대한 애도 따위는 없다 성급한 식욕만이 주변에 가득하다

누군가의 한 끼를 위해 찬란하게 산화한 다랑어. 잘 죽은 죽음이란 자신이 가진 모든 것을 남김없이 나눠주는 것이다

제3부

도둑게

달은 정확한 시곗바늘,
아랫배에 묵직한 통증이 느껴진다

어미의 어미들은 무슨 이유로 해변을 떠나 이곳까지 왔을까 몸속 깊이 새겨진 습성은 쉽게 바꿀 수가 없다

산비탈을 내려오는 길 곳곳에 웅크리고 있는 어둠은 종종 날카로운 이빨을 숨겨두고 있다 언제 어디서 튀어나올지 몰라 경계하는 두 눈이 바쁘다. 두려움은 움츠릴수록 더 커진다 거미줄처럼 뻗어 나와 온몸을 칭칭 감는다

어쩌다 도둑이란 이름을 얻었을까 고작 바닥에 떨어진 부스러기 몇 개 주워 먹었을 뿐인데, 타고난 본능에 덧씌워진 운명은 너무 냉정하고 가혹하다

죽음을 무릅쓰고 내려온 게 한 마리 거센 물살에 힘껏 몸을 턴다

기타, 그리고

작은 몸집 속에 담긴
기다림의 깊이를 헤아릴 수 없다

모처럼 만난 손길이 반가운 듯
펼쳐놓지 못했던 마음을
하소연처럼 쏟아놓는다

때로는 강렬하게
때로는 애절하게
구구절절 이어지는 그리움의 편린들
추억과 기억의 차이는
아름답거나 희미하다

고단하고 무거운 삶을 연주하는 것은
생각보다 힘겹다
느슨해진 관절들이 자주 엇박자를 놓는다
쉼표도 없이 같은 구절을 되풀이하는 이유는
아마 너무 많은 옹이가 맺혀서일 것이다

지루하고 긴 노래에
가만히 귀 기울이다
슬며시 얹어보는 허밍 같은 위로
손끝에 와닿는 온기보다 따듯하다

홀로 남아 빈집을 지켜온 여자
다 하지 못한 이야기가
오래도록 귓가를 맴돈다

덫

소라껍데기 속에서
주꾸미가 딸려 나온다
뾰족한 기습에 놀란 주꾸미
다리를 내뻗으며 허우적거린다

누구에게나 불행은 생각지 못한 순간에 덮쳐온다
덫인 줄도 모르고 냉큼 둥지를 틀었을 주꾸미
맹목적인 믿음은 함정에 빠질 위험이 크다

요란한 기계음과 함께
줄줄이 올라오는 소라 그물
껍데기마다 주꾸미가 들어 있다

상대의 습성을 잘 알아야
원하는 것들을 얻을 수 있다

본능에 충실할수록 쳐놓은 덫에 더 쉽게 빠져든다
현실에 눈멀어 늪인 줄도 모르고 순순히 발을 들여놓는

것들

모든 것을 다 잃고 난 뒤에야 깨닫게 되는 후회
어리석은 시간은 결코 되돌릴 수 없다

갑판으로 떨어져 내린 주꾸미 한 마리
부리나케 구석으로 기어간다
그러나 어디에도 탈출구는 없다

뒤집히는 봄

비 지나간 바닷가
뒤집힌 우산 몇 개
씨앗이 반쯤 날아간 민들레 꽃대 같다

풀꽃들은 뒤집히는 쪽으로 피지 않는다

꽃이 날아간 쪽으로 뒤집혀 있는 벚나무들
벚꽃들도 날아간 쪽으로 뒤집혀 있다
해송들도 마을 쪽으로 기대고 있고
우산도 마지막에는 솔밭에
뿌리라도 틔우려는 속셈이었을까

솔밭엔 아직도 그 옛날 우산처럼
헝클어진 얼굴이 있을까
바람의 세기와 방향을 읽지 못하고
안간힘만 쓰던 날들
바람과 맞서기 위해선 오랜 시간이 필요하다는 걸
몇 개의 대를 잃고서야 알았지만

꽃대가 서 있는 저 지점 어디쯤
바람은 때를 기다리며 서성이고 있을 것이다

바람이 불어오는 쪽으로
우산을 뚝 끊어서 불어본 적 있다
그때 빗방울들은 다 씨앗처럼 날아갔다
몇 번을 뒤집히고 나서야
활짝 가지를 펴는 봄
바람을 타고 씨앗들이 날아오른다

완벽한 비행

날고 싶은 꿈은
인간의 영역만은 아니다
하늘다람쥐 한 마리
상수리나무 가지 위에서 사방을 두리번거린다
한 번의 이륙과 착륙 사이에는
무수한 난기류가 숨어 있다
언제 어디서 튀어나올지 모르는 난기류들은
날카로운 발톱을 숨기고 있다

진지하게 바람의 흐름을 읽는 눈
건너편 떡갈나무 그늘이
바위처럼 무겁게 가라앉아 있다

얼마 전에도
항로를 지우고 사라진 비행이 있었다
동체의 결함이었다느니 작동 미숙이었다느니
원인을 두고 갖가지 추측이 난무했지만
어떤 것도 확인된 것은 없었다

마침내 주변과의 교신을 끝낸 다람쥐가
허공으로 몸을 날린다
한껏 펼쳐진 비막이 바람을 가른다

산등성이를 넘어가던
저녁 햇살이
길게 항로를 비춘다

지혜의 숲*

거대한 책의 숲에서는
길을 잃기 쉽다
너무 높고 울창해서
어떻게 해야 할지, 어디로 가야 할지
막막하기조차 하다

한 마리 애벌레처럼
나뭇잎에서 동그란 구멍을 찾아 먹는다
어느 나라에서는 글자들이
눈동자를 파먹은 일이 있다고 한다

각기 다른 생각과
모양을 가진 나무들
때로는 직설적인 언어로
때로는 은유와 직유로 가득한 문장으로
손을 내민다

숲이 가진 향기와 빛은

세상 그 어떤 것으로도 대신할 수 없다
까마득한 과거에서부터 저 먼 우주의 이야기까지
나이테로 갖고 있다

이 많은 책의 숲에서는
언제든 길을 잃어도 좋겠다

* 파주 출판단지 내 복합문화공간.

바람의 건축법

흔한 못 하나 없이 오직
모래만으로 짓는 성
부드러운 곡선의 섬세함이 눈길을 끈다
수십만 년을 다진 주춧돌 위에
일만 년을 공사하고도
아직 완성되지 못해
바람은 부지런히 해변을 들락거린다

바람의 건축법에는 나름의 법칙이 있다
몰리고 몰린 뒤끝들
바람이 운반해 놓은 모래들이란
모두 바람의 거푸집들이다

지루한 바람의 공사장
해당화, 통보리사초, 갯메꽃, 도롱뇽, 청개구리, 흰물떼새
밋밋하고 썰렁할 공간을 푸르고 단단하게 만든다

오늘도 신두리 해안 사구*에는

바람의 건축공사가 한창이다

* 충남 태안에 있는 사구.

봄날의 삽화

금지된 것들은 모두
남의 것들이다

접근 금지 푯말 너머
마애불의 미소가 발길을 끌어당겼을까
기꺼이 선을 넘어가 찍은 사진 몇 장
아무도 모를 줄 알았던 순간은
엄격한 관리원의 눈을 벗어나지 못했다

한 장의 추억으로 고이 저장하고 싶었을 기억은
냉정한 손길 몇 번에 모두 삭제되었다

들켜버린 순간이 민망한 듯
머쓱한 얼굴로 서둘러 자리를 뜨는 사람들
길이 간직할 아름다운 추억 대신
오래 남을 부끄러움만 깊이 저장되었다

하지 말아야 할 것과

할 수 있는 것의 사이에는
붉은빛 선명한 문구가 있다

오늘도 뉴스에서는
남의 것을 탐냈으나
결국엔 남이 되지 못한 사람들이
줄줄이 딸려 나온다
유혹은 늘
최선의 자세들이다

소파

나른한 오후는 충전하기 딱 좋은 시간이다

시시각각 쏟아져 나오는 정보들을 소비하다 보면
넘치던 활력도 어느새 방전되고 만다

사라진 힘을 보충할 코드는 가까운 곳에 있다

쏟아지는 하품과 졸음은
반드시 극복해야 할 버퍼링 같은 것이다
무거워진 눈꺼풀이 서서히 내려오고
이럴 때 필요한 것은
몸을 기대 쉴 수 있는 장소
창가의 푹신한 소파는
꺼져가는 전원을 되살리기 가장 좋은 곳이다

몸안의 회로들이 전력을 끌어모으는 동안
곤두섰던 신경들은 한껏 풀어져 고른 숨소리를 낸다
델타파와 세타파 사이 그 어디쯤에서

잠깐 무지개를 보았던 것 같기도 하다

액정 화면 위 사라졌던 불빛이 차오르고
꽉 찬 배터리의 힘이 느껴진다
가벼운 마음으로 다시 데이터의 문을 연다

전복

바람이 먼바다 쪽으로 방향을 바꾸면
파도의 소용돌이도 잠잠해진다
싱싱한 먹이의 냄새를 따라
더듬이를 세우는 전복들

세상 어느 곳이든 뿌리를 내리면
그곳이 고향이고 집이다
함께 국경을 넘다 손을 놓친 사람들은
지금 어느 하늘 밑을 헤매고 있을까
두려움은 꿈속까지 스며들어
잠마저 빼앗아갔다

처음 겪는 낯선 조류가 뻘물을 일으켜
앞이 보이지 않던 나날들
그나마 찾아갈 땅이 있다는 것만이
유일한 위안이었다
갑판 위 적당한 곳에 자리를 잡는다
출렁, 파도에 균형을 잃은 마음이 허둥거린다

흔들리는 세상에 빨판을 붙이기에는
아직 힘이 부족하다

끌어올린 전복집에서 그물을 걷어내는
두 손에 힘이 들어간다
무수히 넘어지고 깨져 바닥을 맛본 지금이
다시 시작하기 가장 좋은 순간이다

길다란 미역 줄기가
동아줄처럼 단단히 팔목을 휘감는다

이별 풍경

쥐똥나무 꽃향기가
장례식장을 나서는 발길을 배웅한다
하나같이 상주의 표정들이다

지난밤의 폭우를 다 잊은 듯
하늘은 맑고 투명하다
혹시나 남아 있을지 모를 미련들을
모두 씻어내고 싶었던 바람이었을까
타고난 올곧은 성품은
마지막 가는 길도 맑고 정갈하다

우연인 듯 필연인 듯 만나
웃음도 아픔도 함께 나누었던 시간들
천천히 눈앞을 스쳐간다
균형을 잃은 마음이 기우뚱거린다
지키지 못할 걸 알면서도
훗날의 약속으로 남겨두었던 날짜들이
쥐똥나무 이파리에 매달려 출렁거린다

아무 일도 없었다는 듯
거리엔 어제와 똑같은 풍경들이 펼쳐져 있고
시간은 또 그렇게 흘러갈 것이다
어디서 날아왔는지 노랑나비 한 마리가
쥐똥나무 위를 맴돌다 날아간다

꼬리표

앞서 걷는 사람의 옷자락에
꼬리표가 나풀거린다.
미처 챙겨보지 못한 다급함이 고스란히 붙어 있다
사이즈에서부터 가격까지
그 사람의 현재가
자세히 적혀 있을 것이다

강아지 꼬리처럼 살랑이는 표를 바라보다
혹시 내게도 붙어 있을지 모를 꼬리표를 생각한다
함께 밥을 먹고, 차를 마시고
나누는 이야기 속에서
만들어지고 다듬어져 생겨났을 꼬리표
가끔은 누군가 전해준 몇 마디가
미리 값어치를 결정하기도 했을 게다

더러는 사실보다 큰 사이즈와 가치로
더러는 형편없는 재질과 용도로 적혀 있을 꼬리표

누구나 등 뒤에는
자신만 모르는 꼬리표가 붙어 있다
조금은 넉넉하고 조금은 부족한 평판들이
이름표처럼 하나씩 매달려 있다

아무것도 모른 채 발길을 재촉하는
그녀에게 다가가 꼬리표를 일러준다
한껏 커졌던 눈동자가
당황한 듯 무안한 웃음을 터뜨린다

고달사지

그날 이곳에선 무슨 일이 있었을까
드문드문 흔적만 남은 폐사지
높은 법력으로도 막을 수 없었던 칼바람은
끝내 웅장했던 역사를 지워버렸다

일주문이 사라지고 당간지주가 넘어지고 요사채가 쓰러지고 마침내 법당이 무너지고 연꽃 무늬 빛나는 좌대만 남긴 채 부처도 사라졌다

무릇 형상이 있는 것들은 다 허망하다
금강경 한 구절 들리는 듯한데
켜켜이 내려앉은 이끼는
세월이 해독해놓은 또 다른 법문인지
크고 작은 균열들이 난해하다

있고 없음이 다르지 않다는 걸 보여주듯
섬세한 꽃잎들이 시린 겨울바람 속에서도 눈부시다

사나운 칼날 앞에 속절없이 스러져간 발길들은 모두 열반에 들었을까 바람에 스치는 마른 풀잎 소리만 독경 소리가 되어 오래도록 뒤를 따라온다

바위의 이력

등산로 한켠 커다란 바위 하나
거북을 닮았다
오랜 시간 바위는 제 형상을 바꾸고 버리면서
여기까지 버텨왔을 것이다
모습이 바뀔 때마다 사람의 주변,
그 닮은꼴로 이름을 얻고
또 벗는다

어떻게 이곳까지 굴러왔는지
어쩌다 지금의 모습을 갖게 되었는지
바위의 이력을 묻는 것은 어리석은 일이다
물렁물렁한 생부터 딱딱한 생까지
몇 줄의 짧은 말로 담아낼 수 있는
생은 어디에도 없다
행간과 행간 사이사이 남아 있는
침묵은 너무 견고해서
틈이 없는 물질로 불린다

길 끝에 다다른 바위의 일생이란
결국 반짝이는 모래일 뿐이다
오르막과 내리막,
잠시 쉼표를 찍었던 손자국들이
등허리에 반질거린다

가녀린 목 부분을 지나가는 깊은 균열
바위는 지금 또 다른 생 바꿈을 준비 중이다

빈집

삶의 완성은 껍데기일까
속살이 다 빠져나간 고둥 하나
해안가에 뒹군다
둥근 빈집에서 바람 소리가 들린다
바람은 나선형의 안쪽 깊은 곳까지 들락거리며
혹시 남아있을지 모를 기억들을 지운다
찰랑이던 물살의 흔적은
껍데기에 지문처럼 남아 있다
낮은 방마다 이야기를 품고 있던 집
길었던 하루가 도란도란 깊어가면
문밖엔 어둠이 별빛을 풀어놓았다
어디선가 들려오는 겹겹의 물소리를 따라
계절이 영글어가고
하나둘 정겹던 얼굴들도 떠나갔다

그 많던 기억들 모두 떠나고
껍데기만 남은 집

어머니의 모습 같은 그 집이
쓸쓸히 해변을 지키고 있다

사람의 마을에 짓는 시의 사원(寺院)

김윤정

이혜순 시인의 시가 놓여 있는 지점은 생활 한가운데이다. 시인은 일상 속에서 흔히 접하므로 쉽게 지나치게 되는 사소할 수 있는 사건들에 시선을 멈추고는, 그것에 섬세한 관찰력과 독특한 시각을 투영시킨다. 시인의 시에는 도로를 달리는 자전거가 있고(「속도의 뒷면」), 붕어빵을 나누어 먹는 노인과 아이가 있으며(「붕어빵 가시」) 모란(「사월」)과 장미(「줄장미 담장」), 새(「휘파람새」)와 두꺼비(「두꺼비」), 다랑어(「다랑어」), 게(「도둑게」), 전복(「전복」) 등 생활 속 편린들이 담겨 있다. 이들 소재들은 시인의 시가 구체적 생의 체험에서 비롯되고 있음을 말해준다. 이처럼 일상을 살아가면서 시인은 그 안에 스며 있는 철학을 놓치지 않는다. 그는 우리가 무심코 지나치는 순간, 스치는 사물, 사소한 대화 속에서 깊이 있는 사유를 끌어낸다. 세상에 흩어져 있는 모든 존재들에게 말을 걸면서 시인은 그것들을 한 편 한 편의 시로 아름답게 승화시킨다.

시들에 투사되어 있는 시인의 생의 철학은 단적으로 말해 인간다움의 회복을 향해 있다. 시인이 일상의 체험들에서 주목하는 것은 존재들이 맺어가는 관계성이다. 그는 생활 속에서의 사태들 속에서 연민과 사랑, 공감과 위안, 인내와 포용을 읽어낸다. 그가 바라보는 존재들에게서 그는 그들 간의 끈끈한 얽힘을 포착한다. 이러한 시적 양상은 시인이 견지하는 철학이 긍정적 가치를 바탕으로 형성되어 있음을 말해준다. 세상의 모든 존재들을 향해 온기 어린 시선을 던지는 시인은 그들이 안고 있는 아픔과 고통을 미적 형태로 승화시키고자 한다. 시인의 시에는 이러한 시적 과정이 매우 안정적으로 구조화되어 있는바, 이것이야말로 시인이 추구하는 삶의 아름다움이자 시적 미학이다.

삶의 공간을 이처럼 생생하면서도 따뜻하게 복원하는 이혜순 시인의 시는 우리가 사는 '마을'과 닮아 있다. 사람들이 어우러져 살아가는 터전으로서의 '마을'은 냉소와 소외를 용납하지 않는다. 사람들이 살아가는 중에는 당연히 시련과 좌절이 있을 것이나 '마을'은 이것들을 함께 아파하고 더불어 감내한다. 거기에는 끈기와 인내를 바탕으로 하는 따스한 인정이 있다. 따라서 시인의 시를 통해 우리는 흔들림 가운데에서도 단단함을, 울음 가운데에서도 견딤을 경험하게 된다. 이러한 시의 따뜻한 마을에서 시인은 시의 사원(寺院)을 건축하고 싶어 한다. 갈고 다듬어 고귀함을 지니는 점에서 '사원

(寺院)'인 그것은 사람들과 멀리 떨어져 있는 대신 사람들 속에서 소중한 것을 길어 지킴으로써 축조된다. 이는 시인의 시가 궁극을 향해 끝없이 나아가고 있음을, 그 여정이 한 걸음 한 걸음씩 천천히 이루어지고 있음을 의미한다.

봄꽃 향기를 싣고 달리던
자전거 한 대
바닥으로 나뒹군다
요란한 비명과 함께 넘어진 속도
도로 한가운데 배를 드러낸 채 널브러져 있다
행렬을 이루며 달리던 길을 내려놓고
황급히 달려온 사람들
함께라는 말 속엔
질긴 고리가 엮여 있다

두 개의 페달에 감겨 있는 속도
일정하게 놓이는 힘의 크기에 비례한다
막힘없이 술술 풀려나가다가도
엇박자를 내는 순간 요란하게 뒤엉켜버린다
엉킨 것들을 풀기 위해선
깨진 무릎과 튀어나오는
비명을 삼켜야 한다

걸림돌 하나가 무너뜨린 평온
아침부터 균형을 잃은 하루는
종일 중심을 잡지 못하고 기우뚱거린다

수시로 튀어나오는 당신과 나의 불협화음
두 개의 바퀴가 다시 하나의 방향으로 돌기까지
불쑥불쑥 끓어오르는 감정을 억눌러야 한다

한참을 비틀거리던 균형이
천천히 자리를 잡는다
다시 행렬을 이루며
힘차게 바람을 가르는 자전거
한껏 굽은 어깨 위로
오후의 햇살이 와르르 쏟아져 내린다

—「속도의 뒷면」 전문

사람들의 살아가는 모습을 그리는 시인은 실제로 '마을'에서 일어난 사건들을 시의 소재로 삼는 경우가 많다. 위 시는 "자전거 한 대"가 "바닥으로 나뒹군" '사건'을 계기로 쓰였다. 물론 이는 "빚에 쫓기는 야반도주"라든가 "소경 집 외동딸"이 "다리 옆 방죽으로 뛰어든"(「목격자」) 사건들에 비하면 작은 사고에 불과하다. 큰일 날 뻔했지만 그렇다고 크게 사고가 나진 않았기 때문이다. 고작해야 "깨진 무릎"이 관찰될 정도이므로. 이는 비극이랄 것도 없는 일상적이고 사소한 사안이다. 그럼에도 시인이 이를 포착한 것은 무엇보다도 그 사건이 일어났을 때 웅성대며 주변에서 일었던 동요 때문인 듯하다. 특히 놀라서 모두가 "황급히 달려"와 "행렬"에 균열을 일으키고는 서둘러 수습하고 언제 그랬냐는 듯 "다시 행렬을 이루"는 모습은 순간적으로 그에게 강한 인상을 남기게 된다. 사고 발생으로 "한참을 비틀거리던 균형이/천천히 자리를 잡"았을 때 그것은 시인에게 시적 정서를 불러일으킨다. 그 순간 그에겐 많은 생각이 스쳐 지나갔다.

이때 시인에게 떠올랐던 생각들과 그의 시의 미학 사이는 서로 분리되어 있지 않다. 사고가 발생했을 시점부터 정리되어 원래의 질서를 회복하던 시간까지의 모든 일련의 과정은 시인의 의식에 자리잡고 있던 생 철학과 관련될 뿐 아니라 시의 미적 감각에 대응한다. 그것은 '삼킴'과 인내, 견딤과 같은 승화의 계기를 향해 있고 내적으로는 "함께"하는 어울림, 엮임 등의 관계성을 내포한다. 이들 수평적이고 수직적인 계기들은 시인의 시 세계를 구축하는 틀로서 작용하고 있다. 이 양대 축이 작동할 때라야 시인은 비로소 마음이 움직이고 미의식을 환기하게 된다.

예컨대 위 시에 등장하듯 "요란한 비명과 함께" 누군가 "도로 한가운데 배를 드러낸 채 널브러져 있"을 때 사람들이 제 일처럼 달려들어 "함께" 문제를 해결하려 하는 모습은 실상은 당연한 일이면서도 감동적인 일이 아닐 수 없다. 평범한 것처럼 보이지만 사람들 간의 소통은 쉽게 가능한 것 또한 아니다. 사람들 사이의 나눔과 협업, 공감 등속은 사회의 본질이어야 하나 인간관계 속에서 이것들은 잘 이루어지는 것이 아니라는 데 문제가 있다. 만일 어떤 기회에 그 같은 일이 일어난다면 그것은 누구의 시선이라도 끌기 마련이라는 것이다.

더 중요한 것은 집단적 "함께"함을 통해 다시 질서를 되찾았을 때, 화자의 말에 의하면 상처와 아픔이 "삼켜"졌다는 점이다. 그것은 "깨진 무릎과 튀어나오는/비명을 삼"키는 행위와 연관된다. 그러할 때 "평온"과 "균형"이 있다는 것인데, 여기엔 모든 진정한 질서와 조화에는 내면의 혼란과 불협음이 내재되어 있으며, 그러한 것들이 온전히 다스려져 있을 때라야 평온과 균형이 가치 있을 수 있다는 시인의 철학이 전제되어 있다. 때문에 "한참을 비틀거리던 균형이/천천히 자리를 잡"았을 때 화자는 안도하며, 사람들이 다시 "행렬을 이루며" 자전거도 "힘차게 바람을 가르"게 되었을 때 기쁨을 경험한다. 이 순간 화자의 시선에 "오후의 햇살이 와르르 쏟아져 내리"는 이미지가 펼쳐지거니와, 이와 같은 일련의 과정이야말로 그에게 시적 미학이 현상하는 지점이라 할 수 있다.

피아노 건반을 두드리는
윗집 아이의 어설픈 손놀림
휴일이 망가진다

계단과 계단이 연결된 동네에선
자주 있는 일이다
느닷없이 터져 나오는 고함이나
늦은 밤의 한껏 휘어진 술주정
거슬리는 소리도 자주 듣다 보면

일종의 안부가 된다

고장 난 건반처럼
며칠째 소리가 나지 않던 계단
입에서 입으로 전달된 부고는
조용하던 동네를 술렁이게 한다
지팡이만 남았다고 한다
평온한 듯 보여도 모든 계단은
날카로운 벼랑을 숨기고 있다

—「계단」 부분

위 시의 화자가 '계단'에 시선이 가게 된 것 역시 앞의 '자전거 사건'과 동일한 사태 구조에 기인한다. 처음에 "피아노 건반을 두드리는/윗집 아이의 어설픈 손놀림"이 주의를 끌었다면 그다음엔 "부고"로 인해 마음이 움직이고, 궁극에는 "날카로운 벼랑을 숨기고 있"다는 점에서 "계단"을 미학적 시선으로 보게 되는 구조가 위 시에 놓여 있다. "휴일이 망가"지는 소음은 신경을 거스르지만 화자는 소란스러움에서 오히려 이웃에 대한 따뜻한 마음을 끌어낸다. "늦은 밤의 한껏 휘어진 술주정" 소리도 "자주 듣다 보면/일종의 안부가 된다"는 것이다. 충분히 짜증이 나고 화가 날 수 있는 상황에서 염려와 관심의 온화한 마음으로 바뀔 수 있던 데엔 이웃을 바라보는 관점의 차이가 놓여 있다. 이웃은 나와 대립하는 타자가 아니라 한데 어우러져 살아가는 공동체의 일원이라는 것이다. 이웃이 내는 모든 소리를 그들의 살아 있음의 증거로 여기는 화자에게 "안부"는 삶에서 매우 중요한 가치이자 요소에 해당한다. 화자에게 타인과 공동체에 대한 사랑의 마음이 크게 자리하고 있다는 것을 여기에서 알 수 있다.

그러한 화자에게 어느 날 "고장 난 건반처럼/며칠째 소리가 나지 않던 계단"은 커다란 사고를 뜻하는 것으로 다가온다. 이는 화자뿐 아니라 같은 마을 사람들의 이목을 집중시킬 만한 사건이다. 마치 '자전거 사고'가 발생했을 때 사람들이 '황급히 달려온' 것처럼 "입에서 입으로" "부고"가 전달되었던 것도 이 때문이다. 마을에서 벌어진 사건이라면 모두의 일이고 "조용하던 동네를 술렁이게" 할 정도로 모두가 나누어야 하는 사태에 해당한다. 화자의 마음이 동요하기 시작하는 지점도 여기이다. 함께하는 염려 속에서 이웃의 죽음이 발생하고 "지팡이"만 남기면서 사태는 종료된다. 그것을 수습이라고 해야 할까. 다시 일상으로 돌아간 후 없었던 일처럼 되어버린 죽음 앞에서 화자는 그 특유의 삶의 철학을 확인한다. "평온한 듯 보여도 모든 계단은/날카로운 벼랑을 숨기고 있다"는 인식이 그것이다. 화자의 생각에 따르면 이러한 삶의 이중적 내포성의 지대야말로 삶의 진실이자 승화가 이루어지는 지점이다. "계단"에도 모든 삶의 진리가 그러하듯 아픔이 감춰져 있다는 것이다. "날카로운" 고통일 그것은 "계단"에 삼켜진 채 일상을 이루고 삶의 현실을 구축한다. 동시에 사람들의 마음속에 염려를 일으키면서 그러한 아픔은 세상을 따뜻하게 만들어가는 계기로 남는다. 시인에게는 이렇게 살아가는 사람들의 모습이야말로 진실어린 삶으로 여겨진다. 그가 어김없이 이 속에서 시적 형상화를 구하게 되는 것도 이러한 모습이 결국 그에게 미학적 진실로 다가오기 때문일 것이다.

작은 몸집 속에 담긴
기다림의 깊이를 헤아릴 수 없다

모처럼 만난 손길이 반가운 듯
펼쳐놓지 못했던 마음을
하소연처럼 쏟아놓는다

때로는 강렬하게
때로는 애절하게
구구절절 이어지는 그리움의 편린들
추억과 기억의 차이는
아름답거나 희미하다

고단하고 무거운 삶을 연주하는 것은
생각보다 힘겹다
느슨해진 관절들이 자주 엇박자를 놓는다
쉼표도 없이 같은 구절을 되풀이하는 이유는
아마 너무 많은 옹이가 맺혀서일 것이다

지루하고 긴 노래에
가만히 귀 기울이다
슬며시 얹어보는 허밍 같은 위로
손끝에 와닿는 온기보다 따듯하다

홀로 남아 빈집을 지켜온 여자
다 하지 못한 이야기가
오래도록 귓가를 맴돈다

—「기타, 그리고」 전문

하나의 사태가 아픔과 고통을 내재하고 있으며 그것이 삶의 진실과 시적 미학으로 귀결된다면 이는 한 개인의 일생에도 그대로 적용될 수 있을 것이다. 한 사람의 생애에도 마찬가지의 시련이 서려 있을 것이고 그것이 내면에 삼켜져 있을 때 그의 생은 그 자체로 아름다울 수 있을 것이란 관점이다. 물론 그때의 '삼켜짐'이란 억제와 억압이기보다는 다스림의 속성을 가리킬 것이다. 세월이 거듭됨에 따라 내면에 쌓이는 상처는 자아를 파괴하기보다는 아름다움의 길로 나아가게 하는 계기가 될 것이다.

이러한 시인의 생 철학은 위 시에 매우 선명하게 그려지고 있다. 위 시에서 "작은 몸집 속에" "헤아릴 수 없"는 "기다림의 깊이를" "담"고 있다고 명명되고 있는 '기타'는 악기이기 이전에 생에 대한 상징적 형상화에 해당한다. '기타'는 단순한 사물이 아니라 사람들의 삶의 형태를 닮아 있다. 또한 바로 그 때문에 생은 '기타'를 통해 "모처럼 만난 손길이 반가운 듯/펼쳐놓지 못했던 마음을/하소연처럼 쏟아놓"게 되는 것이리라. 위 시에서 '기타'는 그에게 다가오는 "손길"에 반응하며 상대의 "마음"을 따뜻하게 위로해주는 이웃 같은 존재가 되어 준다. '기타'가 그것을 연주하는 사람의 마음에 교감할 때 '기타'와 연주자 사이에는 거리와 단절이 아닌 하나가 되는 어울림이 있다. "다 하지 못한 이야기가/오래도록 귓가를 맴"도는 여운이 일며 아름다운 음악으로 울려 퍼지게 되는 순간도 이때일 것이다.

하지만 '기타'의 연주는 쉬운 것만이 아니다. "때로는 강렬하게/때로는 애절하게" 소리를 내야 하는 것은 삶이 "그리움의 편린들"을 지닌 채 "고단하고 무"겁기 때문이다. 삶에는 "너무 많은 옹이가 맺혀" 있는 것이다. 이는 연주 또한 "쉼표도 없이 같은 구절을 되풀이하는" 양태로 현상함을 의미한다. 삶이 그렇게 쉼 없이 이어져온 것이리라. 그 안에 온갖 아픔과 상처를 안은 채 해소할 기회도 없이 "옹이"가 졌을 생은 '기타'를 통해 그것들을 모두 풀어내고 싶었을 터다. 위 시에서 '기타'가 "삶을 연주"한다고 한 것이나 그것이 "생각보다 힘겹다"라고 한 까닭도 여기에 있다.

이러한 '기타'의 연주는 실제로 연주자에게 따뜻한 "위로"가 되어준다. "지루하고 긴" 생의 "노래"에 "가만히 귀 기울이"는 '기타'의 연주는 상대에 대한 깊은 공감의 자세를 나타낸다. 이때 음악으로 피어나는 '기타'와 연주자 사이의 교감은 그 따뜻함이 "손끝"에서 멈추지 않고 서로의 마음으로 스며들어 퍼지게 된다. 그 부드러움을 "허밍 같은 위로"라고 위 시는 표현하고 있거니와, 이같은 위로는 필경 "홀로 남아 빈 집을 지켜"오듯 외롭고 고단하게 살아온 이들에 대해 오래도록 따뜻한 기억으로 남게 될 것이다.

방문을 여닫을 때마다
집이 기울어진 소리로 끽끽 울린다
얼핏 들으면 짐승의 울음소리 같지만
그것은 집의 흉부가 결리는 일이다

한 며칠 기침을 하다 보면 갈비뼈가 결린다
큰 숨 함부로 내놓지 말라는 뜻 같기도 하고
나태해진 숨 갈아엎는 중인 것 같기도 한

무엇이든 오래 울리다 보면
금이 가고 쓰러진다
마당가 모과나무는 늦가을부터 지금까지
계속되는 울림으로 흔들리다 못해 앙상하다
그래도 쓰러지지 않는 이유는
땅속에 흉부를 두고 있기 때문일 것이다
그곳에 무수한 갈비뼈들이 있어
웬만한 울림쯤은
꿋꿋이 이겨내는 중일 것이다

겨울 내내 앓고 난 모과나무에
꽃들이 핀다
꽃이 핀다는 건
긴 울음의 문턱을 넘어왔다는 것
쿡쿡 쑤시던 시간을 다 지나왔다는 것이다

내 갈비뼈가 아픈 뒤끝,
걱정 없이 꽃이 핀다
힘주어 웃는 웃음 파랗게 부푸는 청진기 끝에
헛기침을 묻혀두고 약 처방을 받는다
움찔거리는 내 갈비뼈를
약들이 나사못처럼 조여줄 것이다

—「나사못 알약」 전문

위 시의 "모과나무"는 앞서 등장했던 '기타'의 변용이자 "울음"을 삼킨 자를 형상화하는 이미지에 해당한다. "울음"은 "울림"에서 비롯된 아픔의 내면화로서, 이때의 '울림'은 '기타'와 마찬가지로 외부의 대상과의 교감과 소통에 따른 것이다. 위 시는 "모과나무"가 함께해야 하는 그러한 외적 존재로 "기울어진 소리로 끽끽 울"리는 "집"을 가리킨다. 시련과 고통의 무게로 "기울어진" '집의 소리'는 "짐승의 울음소리"처럼 처절하게 들리는 성격의 것이다. "방문을 여닫을 때마다" 들리는 그 소리에 반응하면서 "모과나무"는 함께 아파하고 흔들리곤 하였을 것이다. 위 시에서 "집"의 시련은 "흥부가 결리"고 "갈비뼈가 결"리는 크기의 아픔으로 묘사되고 있다.

"모과나무"가 이처럼 '집의 소리'에 "울림"을 겪는 것은 타인에 대해 공감하는 자세를 버리지 않았기 때문이다. 그런 점에서 "모과나무"는 앞서 '이웃'의 '안부'를 염려하는 화자라든가 다가오는 연주자의 손길에 반응하는 '기타'와 같은 태도를 지니는 존재에 속한다. 이웃의 아픔을 외면하지 못하고 그들을 걱정하고 위로하고자 하는 마음을 지닌 자일수록 타인과 분리되지 않은 채 그들의 "소리"에 공명하는 모습을 띠게 될 것이다. 자기중심적이고 이해타산적인 자들과 매우 다른 이들은 물질문명 속에서 사라진 공동체다운 온기를 대변하는 자들이기도 하다.

그러나 아파하는 자들과의 오래고도 깊은 공명이 자신마저 아프게 할 수 있다는 점은 이러한 자세를 지닌 존재들이 겪는 딜레마이기도 할 것이다. 때로 그것은 이기적인 삶과 달리 소모적일 수 있다. "무엇이든 오래 울리다 보면/금이 가고 쓰러진다"는 진술도 이와 관련된다. 현대 문명은 이러한 태도를 불합리하다고 낙인찍으므로 오늘날 사회는 점점 더 자기만을 위하는 사람들로 넘쳐나고 베풂과 인정의 자세는 소멸한 지 오래다. 이에 비하면 "모과나무"처럼 "오래 울리"는 자들은 온기로 세상을 대하는 드문 자들이라 할 것이다. 자기의 에너지로 기꺼이 타자의 시련을 나누려고 하는 이들은 따라서 "계속되는 울림으로 흔들리다 못해 앙상"한 모습을 띠기도 한다. 때로 그들은 힘에 부쳐 "앓기"도 할 것이다.

그럼에도 위 시의 "모과나무"는 그대로 "쓰러지"는 대신 "웬만한 울림쯤은/꿋꿋이 이겨내는" 단단한 모습으로 그려진다. 위 시에서는 그것이 "모과나무"가 "땅속에 흉부를 두고 있기 때문"이라고 말하고 있다. 그만큼 마음의 심지가 깊고 굳다는 의미일 텐데, 이는 "모과나무"의 타자를 향한 사랑의 크기를 말해주는 것이기도 하다. 따라서 위 시는 이러한 "모과나무"의 사랑이 마침내 "꽃"으로 피어날 것이라고 말하고 있다. 설령 아픔이 있을지라도 "약들이 나사못처럼 조여" 그것을 이겨내고 "걱정 없이 꽃이" 필 것이라고 화자는 말한다. 여기에서 "꽃"은 사랑의 완성을 의미한다. 그것은 위 시에서 묘사하듯 "긴 울음의 문턱을 넘어왔다는 것"을 뜻한다고도 하고 있다. "모과나무"가 견뎌왔을 시간은 그를 안으로 단련시킬지언정 무너지게 하지는 않았던 것이리라. 이는 결국 고통을 삼키고 인내한 자가 얻을 수 있는 내면의 강한 모습을 나타내는 것이다.

꽃에 쏘였다, 아니
꽃술에 쏘였다
꽃들이 부푸는 방식이란 이런 것이구나
빨갛게 부푸는 이마
얼떨결에 당한 꽃의 무차별 공격,
앙심인지 보복인지 매섭기만 하다
무심히 걷던 오솔길
손으로 툭 건드린 나뭇가지가

붕붕 날아올랐다

벌들은 꽃에서 쫓겨난 꽃술들일까
집을 지을 때 꽃송이 모양으로 짓고 있다
꽃의 씨앗들도 마지막에 가서는
날개가 생기거나 또르르 굴러가는
바람을 얻게 될 것이지만
무심코 건드린 꽃들은 끝까지 따라온다는 속설
결코 빈말이 아니라는 듯
숨이 턱밑에 닿도록
도망을 쳐도 포기할 줄 모른다

꽃이 숨겨놓은 가시처럼
벌들의 침 끝엔 불이 들어 있다
세상에서 가장 따끔한 꽃
숨겨놓은 가시에 찔리지 않으려면
늘 손끝을 조심해야 한다

—「따끔한 꽃」 전문

"꽃에 쏘였다"라는 이 시집의 제목을 담고 있는 위 시에서 "꽃"은 다소 독특한 시각으로 의미화되고 있다. 일반적 관점에서라면 "꽃"은 미의 상징이라든가 가치의 완성 등의 내포를 지니기 마련이다. 이에 비해 "꽃에 쏘였다"고 하는 대목은 의외성이 강조된 다소 도발적인 뉘앙스를 띠고 있다. 위 시에서 "꽃"은 아름다운 그것이라기보다 "따끔한 꽃"인 것이다.

"꽃"은 "숨겨놓은 가시"를 지니고는 "앙심인지 보복인지 매섭기만" 한 "무차별 공격"도 서슴지 않는 존재로 묘사되고 있다.

이 부분은 시집 전체에서 "꽃"이 지니고 있는 위상에 대해 살펴볼 때 이해될 수 있을 것이다. 앞선 고찰에서 보듯 "꽃"은 '모과나무'의 그것처럼 고통의 승화와 그것에 의한 완성의 측면에서 의미화될 수 있다. 그럼에도 위 시에서 "꽃"을 "가시"를 지닌 채 누군가를 "쏘"는 것으로 제시하고 있는 것은 "꽃"을 통해 누군가에게 자극을 주고 의식의 각성을 촉구하고자 하는 의도로 풀이할 수 있을 듯하다. "꽃들이 부"풀어 누군가의 "이마"를 "빨갛게 부"풀게 했다면 그것은 "꽃"이 그 자체로 고립되어 있는 것이 아니라 그것의 영향력을 주변으로 확산시키는 매개체로 자리매김되고 있음을 암시한다. 말하자면 "꽃"은 고고하고 아름다운 관상의 대상인 점을 부정하고 주변 세계를 향해 자신의 메시지를 발현하고자 하는 존재를 상정한다고 하겠다.

이러한 "꽃"의 의미 확산의 의지는 위 시에서 "꽃"에 관여했던 "벌들"이 "집을 지을 때 꽃송이 모양으로 짓"는다거나 "꽃의 씨앗들도 마지막에 가서는/날개가 생기거나 또르르 굴러가는/바람을 얻게" 되는 경우에서 확인할 수 있다. 뿐만 아니라 "무심코 건드린 꽃들은 끝까지 따라온다는 속설"에도 반영되어 있다. "숨이 턱밑에 닿도록/도망을 쳐도 포기할 줄 모른다"는 것은 "꽃"의 의지가 얼마나 확고한지 짐작게 하는 대목이다. 이같은 의지는 "꽃이 숨겨놓은 가시"가 "불"처럼 뜨겁고 매운 속성을 지닌다는 측면에서 볼 때도 매우 강렬하다는 것을 알 수 있다.

그렇다면 "꽃"의 이와 같은 집요함은 어디에서 비롯되는 것일까? 그것은 "꽃"이 지닌 성격에서 구할 수 있다. "꽃"은 단순히 관조의 대상이 아닌 의미화의 주체라는 것이다. 지금까지의 시적 전개에 따르면 "꽃"은 시적 자아가 마침내 도달한 완성의 지점을 가리키는 것으로, 그 완성이란 타인에 대한 사랑이 소통과 공감으로 발현되고 그로부터의 시련과 아픔이 아름다운 승화로서 결정화된 상태를 뜻한다. 즉 "꽃"은 시인이 추구해왔던 이웃에 대한 진실성이 시적 미학으로까지 이르렀을 때 만날 수 있는 완성의 이미지에 해당한다는 것이다. 이점에서 위 시에서 제시하고 있는 '꽃에 쏘임'은 시인이 보여주었던 사랑의 자세에 누구든지 공감하길 바라는 마음을 담고 있는 것이라 볼 수 있으며 그 '쏘임'으로 인해 '부풀어' 아플 수 있는 것은 타인에 대한 온정을 촉구하는 시인의 전언이 '따가운' 의식의 각성으로 이어질 것임을 시사한다.

어느 구름에서도 비는 오지 않았다

오랜 가뭄으로 내 마음에는
어느새 커다란 사막이 생겼다

마른 먼지만 날리는 폐사지
나만의 언어들을 깎고 다듬어 지었던
절 한 채
한순간 무너지고
풍경소리같이 눈부셨던 문장들은
다 시들어버렸다

보이는 것과 보이지 않는 것이 다르지 않다던
경전의 구절은 너무 멀리 있어 위로가 되지 못했다

조각만 남은 잔해들을 뒤적이며
내일을 기약하는 일기예보들이
가끔은 폐사지 위에 먹구름을 데려오기도 했지만
비를 가져다주지는 못했다

잡히지 않는 구름을 쫓아
또 몇 개의 계절을 건너고
가파른 언덕을 넘는다

여기 어디쯤
뭉게구름 하나 피었으면 좋겠다
반짝이진 않아도
눈부신 언어의 절 한 채 지을 수 있다면
한 천년쯤 더
폐사지로 견딜 수 있다

—「폐사지」 전문

이혜순 시인의 이번 시집의 시편들의 구성을 고려할 때 「폐사지」는 다소 이질적이다. 대부분의 시들이 일상 속 체험을 바탕으로 아름다운 사회를 지지하는 관계성을 다루고 있는 데 비해 「폐사지」는 자아의 철저히 개인적 세계에 초점을 두고 있다는 점에서 그러하다. 「폐사지」에서의 화자의 시선은 시인의 여느 시들이 타인과 이웃 등의 외부를 향해 있는 대신 자기 자신을 바라보고 있다. 그 어조 또한 다른 시들이 온정을 다하는 따뜻하고 포용적인 느낌이라면 위 시는 다소 쓸쓸하고 고독하게 다가온다.

그러나 그러한 가운데에서도 위 시에는 또 다른 강렬한 의지가 제시되어 있다. 그것은 화자의 시적 자의식에 관한 것이다. 위 시의 화자가 "눈부신 언어의 절 한 채 지을 수 있"기를 꿈꾸고 있는 자에 해당하는 것으로 보아 위 시는 이혜순 시인의 시인으로서의 열망을 반영하고 있는 듯하다. 위 시에 따르면 그의 바람은 공들여 "깎고 다듬"은 "나만의 언어들"의 "절"을 '짓는' 것이다. 그리고 그 과정이 화자에겐 몹시 고달프고 험난한 것임을 위 시는 암시하고 있다. 무너져 폐허가 된 절터를 지시하는 '폐사지'는 그의 바람을 향해 걷는 화자의 여정이 좌절을 포함하는 외로운 것이라는 점을 나타낸다.

위 시에 드러나고 있는 고독과 외로움의 정서는 지금까지 보아왔던 시적 자아의 모습과 아주 달라 낯설기까지 하다. 주로 이웃과 사회를 염두에 두었던 자아에게 이 '폐사지'는 어느 위치에 놓이는 것일까? 그가 추구하는 언어의 절이란 타인을 향한 사랑의 태도와 분리되어 있는 것인가? 타자에게 온정을 다했던 시적 자아의 마음이 "오랜 가뭄"으로 "커다란 사막"이 된 지경이라면 타인과의 교감으로 시적 자아가 얻은 것은 마음의 윤택함이 아니었나? 이러한 질문들과 관련하여 위 시를 통해 짐작할 수 있는 것은, 시적 언어를 구하는 자아의 마음은 오직 자신에게만 귀속된 사적 영역으로서의 그것이며 화자는 그것을 오직 자신의 혹독한 단련으로써 획득할 수 있다고 여기는 듯하다는 점이다. 화자에게 그것은 자신이 홀로 추구해야 하는 것으로서, 철저히 자신의 숙제이지 누군가의 도움이나 덕택으로 얻을 수 있는 성질의 것이 아니라는 것이다. 이 점에서 시를 향해 나아가는 화자의 도정은 고독한 것이라 할 수 있다. 거기엔 "잡히지 않는 구름을 쫓아/또 몇 개의 계절을 건너고/가파른 언덕을 넘는" 각고의 시련이 놓여 있다.

위 시에서처럼 시를 구하는 과정에 스스로를 고독하게 내모는 것은 시인 특유의 철저성에서 기인하는 듯하다. 윤리의 문제이기도 하고 시인의 개성과 관련되는 것이기도 할 그것은 사실상 시인의 사회에 대한 책임의식을 포괄하는 것이라 할 수 있다. 그는 오늘날의 사회의 척박함을 바라보며 현대인의 삶의 태도에 경종을 울리고자 하였고, 그것은 그의 시에서 고유한 철학성으로 구축되었다. 이러한 그의 의식은 확고한 것이었으므로 그의 시적 미학은 아주 일관되게 이러한 타자지향성을 통해 형성되었다. 온기가 결여된 사회가 마치

폐허처럼 변해버린 곳이라면 이러함 속에서 시를 쓰는 일은 타자를 향한 그의 철학으로 쌓아 올린 하나의 고귀한 "절"과 같은 것이 될 것이다. 말하자면 "절"은 시인이 열망하는 시의 사원을 가리킬 텐데, 그것은 단순히 언어의 성을 지시하는 것이 아니라 현대의 각박한 문명에서 파괴된 인간성을 어려움 속에서도 회복한 성격의 것이라는 점이다.

그런 점에서 "절"은 현재의 "잔해들" 속에서 "비를 가져다" 줄 "뭉게구름 하나 피"길 바라는 마음의 지향점이 가리키는 것이자 "지을 수만 있다면/한 천년쯤 더" "견딜 수"도 있을 소중한 것이다. 요컨대 "절"은 시인의 철학과 시적 미학이 귀결되는 궁극의 지점을 상징한다고 하겠다. 또한 그것은 그 안에 타인을 향한 사랑의 철학을 함의한다는 측면에서 사람들과 단절되어 외따로 있는 것이 아니라 사람들 가운데, 공동체 안에 세워지는 마을의 사원이라 할 만하다.

金玧政 | 문학평론가

푸른사상 시선

1 **광장으로 가는 길** | 이은봉 · 맹문재 엮음
2 **오두막 황제** | 조재훈
3 **첫눈 아침** | 이은봉
4 **어쩌다가 도둑이 되었나요** | 이봉형
5 **귀뚜라미 생포 작전** | 정원도
6 **파랑도에 빠지다** | 심인숙
7 **지붕의 등뼈** | 박승민
8 **살찐 슬픔으로 돌아다니다** | 송유미
9 **나를 두고 왔다** | 신승우
10 **거룩한 그물** | 조항록
11 **어둠의 얼굴** | 김석환
12 **영화처럼** | 최희철
13 **나는 너를 닮고** | 이선형
14 **철새의 일인칭** | 서상규
15 **죽은 물푸레나무에 대한 기억** | 권진희
16 **봄에 덧나다** | 조혜영
17 **무인 등대에서 휘파람** | 심창만
18 **물결무늬 손뼈 화석** | 이종섶
19 **맨드라미 꽃눈** | 김화정
20 **그때 나는 학교에 있었다** | 박영희
21 **달함지** | 이종수
22 **수선집 근처** | 전다형
23 **족보** | 이한걸
24 **부평 4공단 여공** | 정세훈
25 **음표들의 집** | 최기순
26 **나는 지금 운전 중** | 윤석산
27 **카페, 가난한 비** | 박석준
28 **아내의 수사법** | 권혁소
29 **그리움에는 바퀴가 달려 있다** | 김광렬
30 **올랜도 간다** | 한혜영
31 **오래된 숯가마** | 홍성운
32 **엄마, 엄마들** | 성향숙
33 **기룬 어린 양들** | 맹문재
34 **반국 노래자랑** | 정춘근
35 **여우비 간다** | 정진경
36 **목련 미용실** | 이순주
37 **세상을 박음질하다** | 정연홍
38 **나는 지금 외출 중** | 문영규
39 **안녕, 딜레마** | 정운희
40 **미안하다** | 육봉수
41 **엄마의 연애** | 유희주
42 **외포리의 갈매기** | 강 민
43 **기차 아래 사랑법** | 박관서
44 **괜찮아** | 최은묵
45 **우리집에 왜 왔니?** | 박미라
46 **달팽이 뿔** | 김준태
47 **세온도를 그리다** | 정선호
48 **너덜겅 편지** | 김 완
49 **찬란한 봄날** | 김유섭
50 **웃기는 짬뽕** | 신미균
51 **일인분이 일인분에게** | 김은정
52 **진뫼로 간다** | 김도수
53 **터무니 있다** | 오승철
54 **바람의 구문론** | 이종섶
55 **나는 나의 어머니가 되어** | 고현혜
56 **천만년이 내린다** | 유승도
57 **우포늪** | 손남숙
58 **봄들에서** | 정일남
59 **사람이나 꽃이나** | 채상근
60 **서리꽃은 왜 유리창에 피는가** | 임 윤
61 **마당 깊은 꽃집** | 이주희
62 **모래 마을에서** | 김광렬
63 **나는 소금쟁이다** | 조계숙
64 **역사를 외다** | 윤기묵
65 **돌의 연가** | 김석환
66 **숲 거울** | 차옥혜
67 **마네킹도 옷을 갈아입는다** | 정대호
68 **별자리** | 박경조
69 **눈물도 때로는 희망** | 조선남
70 **슬픈 레미콘** | 조 원
71 **여기 아닌 곳** | 조항록
72 **고래는 왜 강에서 죽었을까** | 제리안
73 **한생을 톡 토독** | 공혜경
74 **고갯길의 신화** | 김종상
75 **고개 숙인 모든 것** | 박노식
76 **너를 놓치다** | 정일관

이혜순 시집

꽃에 쏘였다